CANTI POPOLARI SLAVI

Anonimo

© 2023 Culturea Editions

Texte et illustration de couverture : © domaine public
Edition : Culturea (Hérault, 34)
Contact : infos@culturea.fr
Retrouvez notre catalogue sur http://culturea.fr
Imprimé en Allemagne par Books on Demand
Design typographique : Derek Murphy
Layout : Reedsy (https://reedsy.com/)

Dépôt légal : janvier 2023
Tous droits réservés pour tous pays

ISBN : 9791041844463

FREDDO AL CUORE

Nel dì di San Giorgio la neve cadea,

Nè augello per l'aria volar si vedea;

Seguìta una bella dal suo fratellino,

I piedi nudata, faceva cammino

Per valli coperte di ghiaccio e per piani,

Le sue scarpettine recando in le mani.

Le dice il fratello: – Hai freddo nei piedi?

– Ed ella: Nol sento ai piè, me lo credi;

Ma invece nel fondo ci sta del cor mio,

Nè freddo di neve è quel che prov'io:

Mia madre l'infuse allor che mi dava

Un uomo in isposo ch'io mai non amava.

UNA METAMORFOSI

In marina perletta tramutare
Fatemi, o Dei, pregava un giovinetto;
Forse, venendo le fanciulle al mare,
Una mi raccorrebbe, e del suo petto
Tra le rose, sospeso a un cordoncino,
Dividerei con essa il mio destino.
E, non veduto, allora ascolterei
Tutti gli accenti ed i segreti loro,
E, ciò ch'è più, conoscere potrei
Quel che all'altre favella il mio tesoro,
S'ella di me ragiona, e se pur m'ama;
Deh! fate paga, o Numi, la mia brama.
Venne accolto il suo priego, e convertito
Fu di presente in candida perletta.
Vennero poscia le fanciulle al lito,
Ed era in mezzo a lor la sua diletta,
Che, stupefatta, si mirò dinante
Una perla nell'onde galleggiante.
E la raccolse, e, appesa a un fil di seta,
Il suo candido collo ne ricinse;
Così il garzone i desiderii acqueta
Nel sen posando, che d'amor lo avvinse,
E di tutta dolcezza si consola

Quando l'ascolta far di lui parola.

NON BADARE SE SONO PICCINA

Così Felice

A Smilja dice:

O giovinetta,

O vïoletta,

I' t'amerei;

Ma tu mi sei

Troppo piccina,

O mia carina. –

– M'ama, o diletto,

Con sommo affetto,

E mi vedrai

Alta d'assai

Sorgere allor,

Mio dolce amor.

Mira piccino

Un granellino;

È il dïamante,

Ch'orna il regnante.

È piccioletta

L'allodoletta,

Ma ai cacciatori

Costa sudori;

Stanca i destrieri

E i cavalieri.

IL VOLTO DELLA FANCIULLA

Una fanciulla, china sul fonte,
Stava lavando la bella fronte,
E favellava: Se sapess'io,
Che tu baciato, bel volto mio,
Fossi da un vecchio, coglier vorrei
Amare erbette, le spremerei,
Quindi col succo da lor raccolto
Vorrei bagnarti, mio bianco volto,
Onde a quel vecchio, mio volto caro,
Quel primo bacio sapesse amaro.
Ma se credessi, che un garzoncello
Ti desse un bacio, mio viso bello,
Nel giardin tutte correi le rose,
Vorrei cavarne stille odorose,
Con esse, o volto, vorrei lavarti,
Onde, venendo poscia a baciarti,
Ti ritrovasse, mio bel visino,
Tutto dolcezza quel garzoncino.
Col giovin meglio pei monti errar,
Che in auree sale col vecchio star;
Meglio sui sassi col primo a fianco,
Che in ricco tetto col vecchio stanco.

IL PIÙ GRATO ODORE

Dimmi tu, fulgida
Gemma d'amore,
Qual sia del candido
Tuo sen l'odore.
Forse gli effluvii
Ti diero, o bella,
Arancio e salvia,
Rosa e mortella?
– Ingenua, o giovine,
Teco son io,
Più grato effluvio
Spande il sen mio;
Ei manda l'alito
D'un fior più puro;
Ha odor di vergine,
Io te lo giuro.

LA FANCIULLA E IL PESCE

Sulla marina spiaggia sedea
Una fanciulla che a sè dicea:
Buon Dio! più vasto spazio del mare
Può la pupilla mai ritrovare?
In tutta quanta l'ampia natura
Che v'ha più largo della pianura?
Cosa veloce più d'un corsiero,
Trovar può forse l'uman pensiero?
Qual v'ha più dolce cosa del miel?
Che v'ha più caro del mio fratel? –
Un pesciolino fuori dell'onde
Levando il capo, sì le risponde: –
O fanciullina, più assai del mare
Vasto l'empiro puoi ritrovare;
E sulla faccia della natura,
Più largo è il mare della pianura,
E trovar puote l'uman pensiero
Veloce il guardo più del corsiero;
Un bacio è dolce ben più del miel,
Caro è l'amante più del fratel.

LE LODI DEL SABATO

Ti vegga sorgere

Di nuvolette

Cinto, o tra grandini,

Lampi e saette;

Ovvero splendere

di luce pura

che fa sorridere

l'ampia natura;

Sempre il carissimo

Tra gli altri giorni

Sei per me, Sabato,

Quando ritorni.

Quei che precedonti

Son dì d'argento,

Che ognor m'apportano

Duolo e tormento;

Ma tu, mio Sabato,

Sei giorno d'oro,

Per me più fulgido

D'ogni tesoro:

Della mest'anima

Tu sei delizia,

Forier dolcissimo

Sei di letizia.

Tu fai succedere

Clamor festivo,

Tu la domenica

Guidi giulivo.

Ella a me il tenero

Amante adduce,

Mio pensier unico,

Mia vita e luce.

LA FANCIULLA MORENTE

Pallida, smunta, tutta languente
Per crudo morbo giace Meìra;
La madre accanto le sta dolente,
E dal trafitto petto sospira.
– Che hai figliuola? – Già inutil fora,
Inutil, madre, non v'ha più speme;
Ma tu, pietosa, prima ch'io mora
Chiama le amiche, cui vissi insieme;
I giovin chiama che un dì m'amaro,
Mie poche robe tra lor dividi.
Oh Mujo amato, Mujo mio caro,
Come il primiero dì che ti vidi
T'amerò sempre dopo la morte!...
Madre ho bisogno del sacerdote,
L'affanno, o madre, si fa più forte,
Un sudor freddo bagna le gote.
Quando disgiunto lo spirto sia
Da questo frale, con odorose
Acque mi lava, o madre mia,
E poi m'asciuga con fresche rose.
Ora l'estremo mio prego ascolta:
Cogli altri morti nel cimitero
Non bramo, o madre, d'esser sepolta;

Un altro loco supplico e spero:

D'esser sepolta, madre, ho desìo

Presso la casa di Mujo mio,

Onde sull'alba, appena desto,

Baciar l'amata possa quel mesto.

I TESTIMONI INDISCRETI

In quell'ora che il sol rosso tramonta,

Si smarriro due amanti in un giardino

Favellando d'amore; egli racconta

A lei la gioia d'esserle vicino,

Ella dice d'amarlo, e dolcemente

La lor parola risonar si sente.

Ma sorgendo dal bosco ampia la luna,

Tosto sorprende quella coppia amante,

Le loro voci ascolta, e ad una ad una

Ripetendo le viene alla brillante

Stella, e di questo i desiderii ardenti

E non tace di quella i giuramenti.

E la stella col suo tremolo raggio

Quelle stesse parole al rivo manda,

Che fa per la vallea queto vïaggio;

E il ruscelletto subito il tramanda,

Col mesto e lusinghiero mormorare,

All'ampia riva del profondo mare.

E questo il dice all'eco sinüosa,

E l'eco all'ali lo gettò del vento;

E il fresco vento, che con l'ala amorosa

Lambe la spiaggia, il riportò contento

Al solitario e vago usignoletto,

Che l'amore confida al suo boschetto.

E questa della sera arpa sì cara

Sul rosaio si posa gorgheggiando,

E, forse inconscio, ogni secreto impara

Alla madre, che, il gomito appoggiando

Alla finestra, l'aure della sera

Chiedeva alla tepente primavera.

Quei testimoni allora maledisse,

Adirata, l'amabile donzella;

Ed alla luna: Che tu perda, disse,

Tuo lieto corso, o bianca navicella,

E in orrida fortuna naufragata,

Più non levi la testa inargentata.

E tu dall'alto dell'azzurra tenda

Tu possa, o stella, invan cercare un'onda,

Che la viva tua immagine ti renda:

E l'acqua del ruscello si nasconda

Come il flutto d'un rapido torrente,

Ch'è tranghiottito dalla sabbia ardente.

Alla riva del mar manchi la rosa

In primavera, e d'alberi e di fiori

In eterno non possa esser pomposa;

L'eco solinga ogni altra voce ignori,

Fuorchè d'uccello la canzone mesta,

Che suona annunciatrice di tempesta.

Or sì placido e fresco, il vento sia

Soffio ammorbato di palude, e il caro

Boschetto, u' tanto gorgheggiava in pria,

L'usignol perda, e gli ritorni amaro

Il viver nella gabbia, invan col pianto

Chiamando libertà, cara cotanto.

Ma belle alzar le lor fronti d'argento

E luna e stella, florida è la riva,

Scorre il ruscello, l'eco siegue il vento,

E il natio bosco l'usignuolo avviva;

Tutto brilla e gioisce, e resta solo

La giovinetta col suo lungo duolo.

LAMENTO DI UN ESTINTO

È morto Konda, l'unico figlio,
Della sua madre l'unico amor;
Ella di pianto bagnato ha il ciglio,
Nè trova pace nel suo dolor.
Come fu in vita quel suo diletto,
A lei vicino morto starà:
Pensa e risolve, nel giardinetto
Sotto gli aranci tomba gli dà.
Ogni mattina, bacia la mesta
L'avello, e un lungo fa lagrimar;
Ed ecco un giorno che la ridesta
Di cupa voce breve plorar.
Si scuote e grida: Qual voce, oh Dio!
Ah! parla, o Konda, che mai t'avvien?
Dimmi: la cassa forse, ben mio,
T'opprime, o greve senti il terren?
E cupamente la voce dice:
Non m'è la cassa greve, nè il suol,
Madre, m'affanna dell'infelice
Diletta amante l'acerbo duol.
Quando quell'angel mesto sospira,
Un'ansia, un duolo lungo m'assal;
Ma quando piange, quando delira,

S'agita e freme questo mio fral.

LA FANCIULLA ASSEDIATA

Al prato trovasi

Fanciulla bella,

La vede un vecchio

E le favella:

Fia quel che fia,

Tu sarai mia. –

– Vecchiardo, credimi,

Pria che a te darmi,

In agna tenera

Saprò mutarmi;

O nonno, mai

Tu non m'avrai. –

– Io in lupo rabido

Mi vo' cangiare,

E l'agna uccidere,

E divorare;

Fia quel che fia

Tu sarai mia. –

– La forma io prendere

Vo' di quaglietta,

E così irridere

La tua vendetta;

O nonno, mai

Tu non m'avrai. –

– Se sarai quaglia,

Sarò sparviero,

E saprà coglierti

L'artiglio fiero;

Fia quel che fia

Tu sarai mia. –

– A vano rendere

Il tuo desìo

Di rosa assumere

Forma vogl'io,

O nonno, mai

Tu non m'avrai. –

– In rosa cangiati,

Ch'io ne son lieto,

In capra io mutomi,

Schianto il roseto;

Fia quel che fia,

Tu sarai mia.

LA DOLENTE

La bella Marina l'amante perdea;
Tre anni continui sua morte piangea.
Nel primo non terse il bianco suo volto,
Nel giro dell'altro il crin non ha sciolto,
Nel terzo il recise, e dono di quello
Ha fatto la mesta al caro fratello.
L'accolse, e ricinto d'un cerchio dorato
Di perle, di gemme sceltissime ornato,
Lo fe' della ricca vetusta magione
Affiggere tosto sull'ampio portone.
Ciascuno che passa sorpreso ne resta,
E cupido chiede: Chi fu quella mesta
Che tanto si afflisse? Qual duolo sì fiero
In lei suscitava sì triste pensiero?
È forse di madre, cui l'unico figlio
Rapiva la morte, sì triste consiglio?
O forse d'un caro garzone la suora
Così, disperata, sua perdita plora?
Non è quella mesta, nè madre dolente
Che vide il suo nato rapirsi repente,
Nè suora deserta che, tolta ogni speme
Col caro fratello, estinto lo geme.
Ma accenna d'amante l'immenso dolore,

Che piange la morte del primo suo amore.

AMORE OLTRE ALLA TOMBA

Dicea la madre a Mirco in tuono irato:
Figlio, ove fosti nella scorsa sera? –
– Perchè brami saper dove sia stato?
Ah! madre cara, in paradiso io m'era.
Sedeva insiem con tre vispe donzelle,
Angeli pari mai non vidi a quelle.
È la prima di lor snella e agiletta,
L'altra qual pomo è fresca e rubiconda;
La terza co' suoi neri occhi saetta:
Mi duol per una il capo, e la seconda
Non lieve doglia mi recò nel core,
Ma per la terza, o madre, il figlio muore.
Quando ciò segua, fammi coricare,
Ti prego, o madre, sopra lieve bara,
E appo le porte fammi trasportare
Della casa ove alberga la mia cara,
Onde, lasso che son, m'abbia il conforto
Che i suoi neri occhi mi contemplin morto. –
Così diceva, e nel medesmo istante
Quel dolente esalò l'ultimo fiato;
Fu posto in bara, ed alla casa innante
Dell'idol del suo cor l'hanno portato;
Ella lo vede e abbrividisce, e queste

Volge alla madre sue parole meste:

– Madre, non reggo, lasciami morire,

Sia una bara per me tosto allestita;

Vedi quel giovin morto, il vo' seguire;

Senza di lui non curo più la vita,

Sol, se un avello entrambi ci rinserra,

Sarà lieve a noi, miseri, la terra.

PREZZO

DEL FRATELLO E DELL'AMANTE

Giovin vezzosa,

Dimmi, sei sposa? –

– Cortese il ciel

Mi diè un fratel,

E un fidanzato

Vago ed amato;

Da un secol, parmi,

Trassero all'armi.

– Di quei due cari,

Ai patrii lari

Qual brami sia

Reduce pria? –

– Lo stesso giorno

Che sia 'l ritorno

D'entrambi io bramo,

Ch'entrambi gli amo. –

– Se certe e belle

Di lor novelle

Porte da me

Fossero a te,

Saper vorrei,

Qual don m'avrei?

– Per il fratello,

O giovincello,

Avresti allor

Due libbre d'or.

– E per l'amante?

–Ti do all'istante,

Garzon gentile,

Il mio monile.

IL PENSIERO AFFANNOSO
DELLA GIOVINE

Sempre il sonno la notte sospiro,

Soffro veglia e riposo non ho,

Sempre penso nel lungo deliro

Da mia madre che sposo m'avrò.

– Mia figlia, a marito, la madre le dice,

Ti prendi un capraio per esser felice. –

– No, madre, nol voglio; sugli aspri dirupi,

Nei luoghi silvestri, negli antri più cupi

È forza al capraio la vita menar.

Sempre il sonno la notte sospiro,

Soffro veglia e riposo non ho,

Sempre penso nel lungo deliro

Da mia madre che sposo m'avrò.

– Adunque, mia figlia, la madre le dice,

Ti dono a un pastore per esser felice.

– No, madre, nol voglio; nei boschi il pastore

Traendo la vita tra pene e timore

La preda dei lupi potria diventar. –

Sempre il sonno la notte sospiro,

Soffro veglia e riposo non ho,

Sempre penso nel lungo deliro

Da mia madre che sposo m'avrò.

– Ebbene, mia cara, la madre le dice,

Ti scegli un mercante per esser felice. –

– Ah no, del mercante contenta non sono;

io chieggo l'amore, non già l'abbandono.

Ei sempre è costretto pel mondo vagar.

Sempre il sonno la notte sospiro,

Soffro veglia e riposo non ho,

Sempre penso nel lungo deliro

Da mia madre che sposo m'avrò.

– Allora, mia figlia, la madre le dice,

A un sarto dà mano per esser felice.

– Non voglio la mano donare ad un sarte:

Lo credi, o mia madre, meschina è quell'arte,

E possono i figli per fame penar.

Sempre il sonno la notte sospiro,

Soffro veglia e riposo non ho,

Sempre penso nel lungo deliro

Da mia madre che sposo m'avrò.

– Risolvi, mia figlia, la madre le dice,

De' campi un cultore può farti felice?

– Sì, lieta con esso di vivere spero,

Se ha ruvide mani, se il volto gli è nero,

È bianco quel pane ch'egli offre a mangiar.

DIMAN T'ASPETTO

Vieni, o diletta, che ci abbracciamo,
Che per amore ci trastulliamo.
Tu fissa il loco. – Diman t'aspetto
Sotto il rosaio del giardinetto.
– Sì, sarò teco, mia dolce speme,
E pure gioie godremo insieme.
La forma assumi tu di rosetta,
Io m'avrò quella di farfalletta:
Scherzoso, intorno volando andrò,
E sulla rosa riposerò;
Crederan tutti che un fior tu sia,
E sarà invece la cara mia;
E, palpitando di gioia il core,
Ti darò ardenti baci d'amore.

L'ANELLO

A caso si scontrâr tre vïandanti

In giovinetta, come un astro bella,

E fattisi, cortesi, a lei davanti,

Il primo offerse un roseo pomo a quella,

L'altro di fior vaghissimo un mazzetto,

E d'oro il terzo offrille un anelletto.

Quel del pomo dicea: La giovinetta,

Cari compagni, esser non dee che mia;

L'altro dei fior soggiunse: Ella a me spetta;

Disse l'ultimo allor: Ciò mai non fia;

Fra noi le gare sien per or finite,

Ed al foro portiam la nostra lite.

Fur dal giudice a un tempo i tre rivali,

E gli narrâr l'incontro come avvenne,

Il novero fu fatto dei regali,

Narrâr ch'ella gli accolse e se li tenne:

Or giudica, messer, dissero a lui,

Chi la fanciulla debba aver di nui.

E quegli disse: In premio dell'amore

Viene soventi un roseo pomo dato;

Non serve ad altro che a fiutarlo il fiore;

Ma l'anel si dà ognor dal fidanzato;

Chiaro è però, che la fanciulla a quello

Spetta soltanto che le diè l'anello.

IMPIEGO D'UN TESORO

Se avessi tesori siccome lo Czar,

Saprei, caro Lazo, che cosa comprar.

O Lazo, con quelli comprare vorrei

Un vago giardino al Sava vicin;

E intieri boschetti di fior pianterei,

Di fiori i più scelti d'ogni altro giardin.

Se avessi tesori siccome lo Czar,

Saprei, caro Lazo, che cosa comprar.

Vorrei comperare, o Lazo mio bello,

Carissima cosa,... la vuoi tu saper?

Comprar vorrei Lazo gentil giovincello,

E por quell'amato a mio giardinier.

Se avessi tesori, siccome lo Czar,

Ben vedi, mio Lazo, saprei che comprar.

I DESIDERII

Mentre Stanko, garzon prode,

Sotto un albero riposa,

E, sognando, forse gode

Dell'amor la gioia ascosa;

Tre fanciulle, pari a rose,

Camminando quella via,

Si richiesero, scherzose,

Che più caro ognuna avria.

Un anello io mi vorrei,

Ed io un cinto, aggiunge l'altra,

Ed io Stanko sceglierei,

Disse l'ultima più scaltra.

Potria rompersi l'anello,

Ed il cinto ha fiacche tempre;

Ma quel giovine sì bello

Resterebbe mio per sempre.

LA FANCIULLA E LA ROSA

Intempestiva fioristi assai,

O tu d'aprile primiero onor,

Cogliere, o rosa, ti dovrò mai?

E perchè farne, leggiadro fior?

Colta, a chi darti, mia bella rosa?

Me lo contende fato crudel!

Forse alla madre? Ahi, ch'ella posa,

Me sventurata! nel muto avel.

Se ti cogliessi per la mia suora?

Col suo compagno ella partì.

Per mio fratello? Ah! ch'egli ancora

Trasse alla guerra da lunghi dì.

Per il mio caro? Ah! pure invano,

Diletta rosa, ti coglierò.

Mosse oltre i monti, lontan, lontano.

Torrenti e fiumi già valicò.

AL VECCHIO NO, AL GIOVINE SÌ

Dirimpetto alla casa di Maria,
Bellissima ed amabile donzella,
Una limpida fonte scaturia,
Cui d'appresso crescea verde mortella,
E attenta cura alla gentile erbetta
Prodigava la cara giovinetta.
Per di là, cavalcando un bel destriero,
Passa un vecchio, la vede, ed a lei dice:
O di rara beltà prodigio vero,
Iddio ti salvi, e che tu sia felice:
Angelo, dimmi, il mio cocente ardore
Lasci ch'io spegna col tuo fresco umore?
E permettermi ancor, cara, vorrai,
Ch'io colga di mortelle un mazzolino?
E, gentile qual sei, consentirai
Che un bacio scocchi del tuo bel visino
Sulle vivide gote rubiconde?
E la giovine a lui così risponde:
O vecchierello, vattene con Dio,
Dell'acqua mia non t'è permesso bere;
Nè spera di far pago il tuo desio,
Chè non ti lice il mazzolino avere;
Ed inoltre ti prego di lasciare

La strana idea di mi voler baciare.

Dirimpetto alla casa di Maria,

Bellissima ed amabile donzella,

Una limpida fonte scaturia,

Cui d'appresso crescea verde mortella;

E attenta cura alla gentile erbetta

Prodigava la cara giovinetta.

Per di là cavalcando un bel destriero

Passa un giovin, la scorge e sì le dice:

O di rara beltà prodigio vero,

Iddio ti salvi e che tu sia felice.

Angelo, dimmi, il mio cocente ardore,

Lasci ch'io spegna col tuo fresco umore?

E permettermi ancor, cara, vorrai,

Ch'io colga di mortelle un mazzolino?

E, gentile qual sei, consentirai

Che un bacio scocchi del tuo bel visino

Sulle vivide gote rubiconde?

E la giovine a lui così risponde:

O leggiadro e vezzoso giovinino,

Se di quest'acqua mia bere tu vuoi,

Fa di venire al sorger del mattino,

Che più gusto riceverne tu puoi,

Perocchè quella è l'ora, tu lo sai,

In che l'acqua è più limpida che mai.

Se di verdi mortelle essere adorno

Brami, o gentil, facendone un mazzetto,

Tu dei venire quando è a mezzo il giorno,

Perchè sempre a quell'ora ogni fioretto

Piene e libere effonde le odorose

Fragranze che dappria tenne nascose.

E se ti spinge fervido desire

Di baciar le mie gote vermigliette,

Alla sera potrai da me venire,

Che, quando stan le giovani solette,

Sono quelli i tristissimi momenti

Che dall'imo del cor traggon lamenti.

CHI PRENDESTI PER MODELLO?

Alla sua cara dicea Mirino: –
O bella rosa del mio giardino,
Gli abeti e i pini, quando crescesti,
A tuoi modelli per caso avesti?
O avesti norma dal fratel mio?
Fa pago, in grazia, questo desio!
– O mio bel sole, io te lo giuro,
Ora e per sempre vivi sicuro,
Nè pin, nè abete, nè il tuo fratello;
Te solo io scelsi per mio modello.

SONO ROSA
SONO FIORE

Or sono rosa,

Rosa sarò

Fin che di sposa

La man darò;

Ma, offerta questa,

La rosa mesta

Mi languirà,

Mi sfiorirà,

Nè dirò allor,

Son rosa ancor.

Or sono fiore,

Fiore sarò,

Fin che il mio core

A niun darò;

Ma quando fia

Che in don lo dia,

Dovrà languir,

Dovrà appassir,

Nè dirmi allor

Potrò più fior.

IL MARITO SOPRA TUTTI

Ier Duka Leka s'è maritato,
E, mentre stringe l'oggetto amato,
Lo Czar un foglio oggi gli manda,
Che in questi detti suona e comanda:
Il tuo signore ti fa chiamata,
O Duka Leka, corri all'armata.
E Duka Leka, come un cerviero,
Corre ed assetta il suo destriero;
La fida sposa che gli sta accanto
Così gli parla, versando pianto:
– Ha più infelice di me la terra
Da che il mio Duka vola alla guerra?
Che mi consoli qual v'ha persona,
Da che il mio Duka già m'abbandona?
– Ah! non verace parola è questa,
Chè con tua madre la mia ti resta.
– Ah! guai, mio Duka, mio Leka, guai!
Io resto sola; che giovan mai,
Senza di te – due madri a me!
Va Duka Leka, come un cerviero,
Va lesto e assetta il suo destriero;
La fida sposa che gli sta accanto
Così gli parla, versando pianto:

– Ha più infelice di me la terra,

Da che il mio Duka vola alla guerra?

Che mi consoli qual v'ha persona,

Da che il mio Duka già m'abbandona?

– Ah! non verace parola è questa,

Chè con tuo padre il mio ti resta.

–Ah! guai, mio Duka, mio Leka, guai!

Io resto sola; che giovan mai

Senza di te – due padri a me!

Va Duka Leka, come un cerviero,

Va lesto e assetta il suo destriero:

La fida sposa che gli sta accanto

Così gli parla, versando pianto:

– Ha più infelice di me la terra,

Da che il mio Duka vola alla guerra?

Che mi consoli qual v'ha persona,

Da che il mio Duka già m'abbandona?

– Ah! non verace parola è questa,

Se tuo fratello col mio ti resta.

–Ah! guai, mio Duka, mio Leka, guai!

I due fratelli che ponno mai

Giovare a me – senza di te?

L'USIGNUOLO IMPRIGIONATO

Saltellando sur un platano

Nel più folto d'un boschetto,

Canta un vago usignoletto,

E i suoi canti son d'amor.

Cacciator che per là volge,

La fulminea canna stende,

Ma lo scoppio ne sospende,

Tocco a un grido di dolor: –

Non m'uccidere, chè spesso

Sovra il cespo delle rose

Verrò note armonïose

Nel tuo parco a modular.

Non l'uccide, seco il reca

E una gabbia gli prepara,

Onde possa la sua cara

Con il canto rallegrar.

Nella gabbia non gorgheggia,

Ma declina il capo mesto,

Lo fa libero, e allor lesto

Al boschetto spiega il vol;

E là canta: ognor fia muto,

Fia percosso dal dolore,

Come un cor vuoto d'amore,

Fuor del bosco l'usignuol.

L'AMORE RITROVA TUTTO

Fitta e cupa è la notte, e sul verone
Vaga fanciulla godesi posar,
Quando vede bellissimo un garzone
Con passo incerto per di là passar:
Chiama la madre, a lei l'addita, e questa
Col cuore accompagnò preghiera mesta.
– Madre, l'accogli nel nostro tetto,
Per Dio ti prego, dàgli ricetto.
– Figlia, lascia che ei segua la sua via,
Fu a mollezza educato in la città;
Acquavite a ristoro chiederia,
E il più candido pane egli vorrà;
Lascia ch'ei vada, è scarso il nostro avere,
Nè offerir gli possiam molle origliere.
– Madre, l'invita nel nostro tetto,
Per Dio ti prego, dàgli ricetto.
Sì, l'invita, e servire potranno
D'acquavite i miei vividi occhietti;
Le mie guance vivande saranno,
Buona madre, dà fede a' miei detti.
E potrà del mio collo il candore
D'ogni pane le veci tener.
La verde erba nel grembo d'amore

Più gradita è di molle origlier.

L'ampio cielo per coltre egli avrà,

La mia man suo guanciale sarà.

– Madre, lo chiama nel nostro tetto,

Per Dio ti prego, dàgli ricetto.

UN DESIDERIO
DELLA MOGLIE DI KARAGIORGIO

Al ciel di Karagiorgio la consorte

Preghiera fervidissima porgea,

Onde una figlia avesse alfin la sorte

Di partorir, perchè il padrin volea

Imporle un nome che l'agguagli all'oro,

Chiamandola col nome di Tesoro.

E a sè dicea: De' miei desir la meta

Se raggiungessi, avvolta la vorrei,

Bambina ancora, in pannilin di seta

Trapunti d'oro, e in fascie pari a quei,

Perchè ella, avendo il nome di Tesoro,

Dormir potesse nel purissim'oro.

Ed alla mia bambina tutta bella

D'oro il più puro farò far la culla,

D'oro farò la coltrice, ed a quella

Sovrapporrò l'amabile fanciulla,

Perch'ella, avendo il nome di Tesoro,

Dondolar possa nel purissim'oro.

Cresciuta che sarà quella diletta,

E tosto che del fuso esperta sia,

Farò approntare un fuso, una rocchetta

D'oro massiccio per la cara mia,

Perch'ella, essendo il dolce mio tesoro,

Fili con fuso e con rocchetta d'oro.

Quando la cara gioia finalmente

Abile mostrerassi a ricamare,

Allor d'oro purissimo e lucente

Un gentil telaietto farò fare,

Perch'ella, avendo il nome di Tesoro,

Ricamar possa su telaio d'oro.

IL FRATELLO È IL PIÙ CARO

Al suo cadere presso era il giorno
E alla marina facean ritorno
Gli eroi di guerra dai lor cimenti:
Per rivederli correan le genti,
E tra la folta, tutta dubbiosa,
Stava di Giorgio la giovin sposa.
Poiché non vide tra quel drappello
Padrin, nè sposo, nè il suo fratello,
Tremolle forte l'illuso core,
E delirava per lo dolore:
Per il primiero si graffiò il viso,
Per il secondo s'ha il crin reciso;
Ma pel fratello furor la colse
Tanto ch'entrambi gli occhi si tolse.
Ah! sventurata, che festi mai?
Nel volto presto sana sarai,
Crescerà il crine, qual prima, bello;
Ma come eterna per il fratello
Sarà la piaga, perennemente
Sarai privata del sol lucente.

IL MERCADANTE

O cara, o splendida
Di giovinezza,
Che tutte superi
Nella bellezza;
Hai due nerissimi
Occhietti rari,
Prugne rassembrano,
Non hanno pari.
Bella, ravvisami,
Son mercadante,
Che prugne compera
Ad ogni istante –
O cara, o splendida
Di giovinezza,
Che tutte superi
Nella bellezza;
Fra i tuoi moltissimi
Pregi divini
Son perle candide
I tuoi dentini.
Bella, ravvisami,
Son mercadante,
Che perle compera

Ad ogni istante. –

O cara, o splendida

Di giovinezza,

Che tutte superi

Nella bellezza;

Son morbidissime,

Son biancoline,

Bambagia sembrano

Le tue manine.

Bella, ravvisami,

Son mercadante,

Bambagia compero

Ad ogni istante.

Dunque deciditi;

Sì rara lista

Di merci m'offeri,

Sì vaghe in vista,

Che son prontissimo,

Che son festante

A farne compera

Ad ogni istante.

LA CORONA MESSAGGIERA

Smilja alle sponde d'un ruscelletto
Dei semprevivi cogliendo va,
E poi che pieno n'ha il grembialetto,
Siede, e tre vaghi serti ne fa.
Ornò se stessa d'una corona,
A dolce amica l'altra donò;
La terza all'acque del rio abbandona,
E nel lasciarla così parlò:
Va galleggiando, mia coroncina,
Va fin di Giorgio sul limitar;
E di' a sua madre: Una sposina
Perchè al tuo Giorgio indugi a dar?
Non vedovetta, ma verginella
Abbiasi a sposa quel tuo tesor;
È fresca rosa la vergin bella,
È ognor la vedova languente fior.

LA CAPITOLAZIONE

Dove il bosco è più folto, una voce
D'improvviso si sente gridar;
Un garzon che l'ascolta, veloce
In sul loco si vede volar.
E vi trova una giovin legata
D'una serica fune sottil,
Che in vederlo, per esser slacciata,
Sì lo prega con labbro gentil:
– Deh! mi sciogli, ella dice, e sorella
In mia fede, o garzon, ti sarò.
– Già una suora posseggo, o mia bella,
E di suore che farne non so.
– Ed io dunque sarotti cognata,
Questa offerta fia accolta da te?
– Questa prece t'è pure negata,
Da più tempo già il ciel me la diè.
– Deh! mi sciogli, e sarò la tua sposa,
Gli soggiunse con dolce rossor.
Ei baciò quella guancia di rosa,
La disciolse e donolle il suo cor.

L'AMANTE INEVITABILE

– O giovinetta, anima mia,

Tuo fido amante vuoi ch'io mi sia?

– Tu parli in guisa, mio garzoncello,

Che m'hai l'aspetto d'un pazzerello;

Tranquillo sta, – ciò non sarà.

Pria trasformarmi nel nappo d'oro,

Che ai passeggieri reca ristoro,

Ch'esser tua amante i' mi vorria.

– Ed io son l'oste; però sei mia.

– Tu parli in guisa, mio garzoncello,

Che m'hai l'aspetto d'un pazzerello;

Tranquillo sta, – ciò non sarà.

Te l'assicuro sulla mia fè

Mutarmi in tazza pria da caffè,

Ch'esser tua amante i' mi vorria.

– Son caffettiere; però sei mia.

– Tu parli in guisa mio garzoncello,

Che m'hai l'aspetto d'un pazzerello;

Tranquillo sta, – ciò non sarà.

In tordo o quaglia prima mutarmi,

Allodoletta, pernice farmi,

Ch'esser tua amante i' mi vorria.

– Son cacciatore: però sei mia.

– Tu parli in guisa, mio garzoncello,

Che m'hai l'aspetto d'un pazzerello;

Tranquillo sta, – ciò non sarà.

O giovinetto, pria diventare

Un pesciolino dell'ampio mare,

Ch'esser tua sposa i' mi vorria!

– Parlasti invano; tu sarai mia.

Però ch'io pronta tengo una bella

Serica rete, tu certo in quella,

O presto o tardi, v'incapperai,

E ad ogni costo mia diverrai.

TI SPOSERAI,
TI PENTIRAI

O bella giovine,

Cura amorosa

Di madre tenera,

Vuoi farti sposa?

Ti sposerai,

Ti pentirai.

Quando fuggevoli

L'ore primiere

Donato un labile

T'avran piacere,

Dirai: beati

Giorni passati!

Dirai: Riprendimi,

O genitrice,

Teco sedevami

Un dì felice,

Muti d'affanni

Scorreano gli anni.

Bella qual angelo,

Bianca qual giglio,

Hai della porpora

Ora il vermiglio,

Sembri foriera

Di primavera.

Ma allor fia languido

Quel tuo bel fiore,

Allor fia pallido

Quel tuo colore,

Ti sposerai,

Ti pentirai.

OCCHI DI FALCONE OCCHI DEL DIAVOLO

Ho gli occhi di falco, diceva scherzosa,
A chi la mirava la giovine Rosa.
Ho luci di falco, non v'hanno le eguali,
Apportan ferite quai lucidi strali,
E sono di tutti l'affetto e il desio,
Il core d'Osmano già avvinsero al mio.

L'avvinsero tanto che, meco sdegnata,
La madre mi disse: Malefica fata,
Non pingere il volto di bianco e vermiglio,
Tu tenti coll'arte sedurre mio figlio.
L'impresa abbandona, se no nel boschetto
Di querce robuste fo erigere un tetto,

Ed in esso comando che chiudasi Osmano,
Perchè ogni cimento ritorniti vano.
E io le risposi: No, vano non fia,
Però che cogli occhi so aprire ogni via;
Son occhi di falco, del diavol son occhi
Son dardi, lo dissi, che, ovunque li scocchi,

Incendiano, e vedi ch'è agevol con quelli
Aprire del tetto di quercia i cancelli,

E là tra piaceri solinghi, innocenti

Passar con Osmano beati momenti.